윤석열은 왜? 우리는 무엇을?

윤석열은 왜? 우리는 무엇을?

펴낸날 2025년 1월 17일

지은이 안성용
펴낸이 주계수 | **편집책임** 이슬기 | **꾸민이** 이슬기

펴낸곳 밥북 | **출판등록** 제 2014-000085 호
주소 서울시 마포구 양화로 156 LG팰리스빌딩 917호
전화 02-6925-0370 | **팩스** 02-6925-0380
홈페이지 www.bobbook.co.kr | **이메일** bobbook@hanmail.net

© 안성용, 2025.
ISBN 979-11-7223-059-3 (03810)

윤석열 내란과 빛의 혁명으로
다시 세우는 우리의 미래

윤석열은 왜? 우리는 무엇을?

안성용

윤석열 내란과 탄핵, 그리고 그 이후

2024년 12월 3일 밤 우리는 경악했다. 1,300만 명이 본 '서울의 봄' 영화가 버전을 달리하여 TV와 인터넷으로 생중계되었다. 그리고 국회 앞에서 군과 경찰에 맞선 용감한 시민들의 행동을 보았다. 불과 두 달 전 우리를 기쁘게 했던 한강 작가의 '소년이 온다'가 오버랩되기도 했다.

모두 알다시피 윤석열과 그 일당은 내란과 외환의 대죄를 저질렀다. 이들의 범죄는 연일 드러나고 있다. 하지만 범죄자 일당과 그들을 옹호하는 세력은 가짜 뉴스를 전파하고 거짓 선동을 일삼으며, 상식에 어긋나는 어이없는 말과 행동을 계속하고 있다.

이에 맞서 이들에게 '개, 돼지'라 불리며 멸시당했던, 건전하고 상식적이며 마음이 따뜻한 사람들이 추운 날씨도 아랑곳하지 않고 광장에 참여하고 '선결제'로 음식을 나누며 즐겁게 '빛의 혁명'을 진행 중이다.

광장의 빛의 혁명은 승리할 것인가? 윤석열과 그 일당은 파면되고 구속되고 엄중한 처벌을 받을 것인가? 그렇다. 당연하다. 어떤 무지막지한 권력이라도 주권자를 이기지 못하기 때문이다.

그런데 도대체 왜 이런 일이 일어났는가? 세계 10대 경제 강국이자 문화 강국이며 스포츠 강국으로 '한류'를 자랑하던 이 땅에서 말이다. 도대체 무엇이 문제였을까? 그리고 지금 이 순간에도 시국은 요동치고 있다.

이 글은 왜 이런 일이 벌어지게 되었는지, 그리고 우리는 무엇을 어떻게 해야 할지에 대해 우리의 집단 지성을 모으기 위한 목적으로 긴급하게 쓴 것이다. 또 곧 다가올 윤석열 정권 퇴진 과정과 이후 상황에 대해 분석하고, 승리 후 우리가 나아갈 바, 우리는 어떤 사회를 만들어야 할 것인지에 대해서도 함께 생각해보고자 한다.

현재 광장 참여자들과 후원자, 지지자들은 많은 부분에서 공통 인식을 갖고 있지만, 2017년부터 현재까지 여러 차례에 걸쳐 개인별, 단체별, 정당별, 세대별, 성별로 정치적, 사회적 인식이 상당 부분 다른 점이 있고 이는 현재 더 분화하고 있다. 따라서 이 글에서는 서로에 대한 이해를 돕기 위해, 인식의 근거가 되는 역사적 사실을 다루고자 했다. 이로 인해 짧은 글이 되지 못하고 길어지게 된 점을 양해 바란다.

2025년 1월

안성용

차 례

1.

윤석열 정권의 탄생은
어떻게 가능했는가?

– 법조계 권력과 재정을 확보하다

🔥

윤석열이 대선 후보로 선출된 것은 놀라운 일이다. 이재명은 선출직 정치인이지만 윤석열은 아니다. 그의 정체성은 정치인이 아닌 검사다. 검사는 수사, 기소, 재판하는 직업이고, 과거를 다루므로 미래를 다루는 정치인과는 전혀 다르다. 그런데 검사가 대선 후보가 되고 당선되는 최초의 일이 벌어졌다. 이는 제도정치권을 거부하는 시민의 선택에 기반한 일종의 반(反)정치주의의 승리였다.

윤석열이 대통령에 당선된 후 검찰이 권력의 공식적인 한 축이 되었다. 그가 검찰을 상당 부분 장악하고 있었기 때문이다. 예전 여야의 대립과 투쟁은 여론전이 핵심이었으나 근래에는 '고소 고발'을 남발하며 정치를 검찰과 법원에 맡겨 왔다. 이 과정에서 기소권을 가진 검찰의 힘은 매우 강해졌다.

오랫동안 재벌과 정치 권력의 하수인 역할을 해오던 검찰의 위상이 달라졌다. 한국 지배세력 내에 서열과 역학 관계의 변화가 나타났다. 이 점은 윤석열의 집권 기간 중 확실히 드러났다. 즉 윤석열은 재벌-고위관료-정치인-법조계-언론계-종교계-학계 등으로 이루어진 지배세력에서, 검찰을 필두로 한 법조계가 힘을 합쳐 '대통령'을 만들어낸 첫 번째 사례다. 이들은 군부독재 시대 이후 또 국정원의 역할이 축소된 이후에 본격적으로 수사-기소-재판 과정을 통해 지배세력 내에서 독자적인 힘을 구축해왔다. 과거 재벌의 뒷배를 봐주고 떡고물을 받던 처지에서 벗어나 독립적인 힘을 만든 것이다. 그리고 그들은 '학력'을 기반으로 '엘리트주의'가 가장 강한 세력이다.

유사한 방식으로 모피아나 금융 마피아처럼 관료도, 조중동으로 대표되는 언론도, 대형교회나 조계종으로 대표되는 종교도, 각자 독자적인 힘을 구축하고자 한다. 이는 지배세력 내에서 주도권 경쟁이 강하게 벌어지고 있음을 보여준다. 전광훈이 날뛰는 것도 이 흐름에서 이해할 수 있다.

길게 보면 IMF 이후에 지배세력 내에서 서열, 관행, 문화 등이 변화한다. 그리고 집권세력의 권력 행사 방식도 변하고, '재정 확보' 방식도 변한다.

김대중 정부 때부터 두드러지는 것은 모피아라 불리는 '경제관료'들의 힘이 매우 커진 것이다. 행정고시 출신으로 미국 등에 유학과 연수를 다녀와 '내부 엘리트' 그룹을 구성했던 이들이 이 시기부터 공개적으로 활동한다. 이들은 재벌 기업의 전문 경영진, 금융권, 법조계, 언론계, 학계와 탄탄한 학연, 혈연, 지연을 구축하고 있었다.

이들은 당시 IMF 상황을 '국란'으로 규정하고 언론과 학계를 동원하여 그들의 논리를 펼치며 '사회의식'을 지배했다. '글로벌 스탠다드', '소유가 아닌 전문 경영진론' 등이 그것이고, '국란 극복'은 정부의 핵심 구호가 되었다. 이들은 재벌과 노동자에 대한 생사여탈권을 쥐었고, 인수합병 등을 주도하며 '경제 권력'을 마음껏 행사했다. 이들은 IMF 및 배후의 미국 자본과 미국 정부의 요구를 받아들이며, 오히려 그들의 요구보다 더 많은 것을 내주었다. '국부 유출'을 주도했다. 또 이들은 재벌 퇴출, 재벌간 빅딜, 은행권 통폐합 등을 진행하며 막강한 힘을 자랑했다. 그러면서 이면에서는 재벌에 대한 통제력 강화, 금융권에 대한 통제력 강화, '론스타 사건'으로 대표되는 '국부 유출' 사건 등을 통해 스스로 '재정 확보'에 나섰다. (론스타 펀드의 활동은 한국계 미국인이 주도했는데, 펀드에는 종교계, 정치인, 관료 등의 한국계 자금이 포함되어 있다는 것이 정설이다.)

과거 명절 때 받는 '인사 수준'의 금품 규모가 아닌, 수백 배 수천 배 이상의 돈을 만드는 일들을 했다. 이른바 '이헌재 사단'의 중요 인물 중 하나인 변양호가 퇴직 후 대규모 '사모펀드'를 만든 것이 노무현 정부 때인 2005년이다. 설립 파트너로 리먼 브라더스 한국 대표이던 이재우와 모건 스탠리 한국지사 기업금융부문 대표이던 신재하가 있고, 이후 김앤장 법률사무소 변호사 박병무가 합류하였다. 사모펀드는 이후 관료 출신, 금융권 출신들에게 일반화된다. 그리고 사모펀드에는 금융권, 재벌, 관료, 정치인, 언론, 법조, 종교, 학계 등 지배세력 구성원들이 적극적으로 참여하고, 외국계 자본도 참여한다.

한편 김대중 정부 때 벤처기업 육성정책으로 '코스닥'을 통한 자산 증식 방식이 생기면서, '선수들'은 투자 유치-기업 투자-상장 또는 인수합병-자본 이득의 각 과정을 세분화하며 역할을 나누고 자본의 규모를 늘리게 된다. 이 과정에 지배세력이 '돈을 넣고 돈을 튀긴 일'은 물론이다. 노무현 정부 때부터는 대규모 사모펀드 및 금융자본의 활동이 매우 활성화된다. '검은 머리 외국인'만이 아닌 미국 유학파, 미국 금융기업 출신들이 나서고, 이에 질세라 국내 금융기업 출신들도 합류한다. 금융자본 전성시대가 열린다.

이에는 지배세력 내의 부모세대의 혈연, 지연, 학연 등이 작동한다. 예를 들어 박태준 전 총리의 사위인 미국 금융투자기업 출신인 김병주가 2005년 MBK파트너스를 설립했다. 그는 2019년 포브스코리아의 한국 50대 부자 순위에 재산 1조 7661억 원을 보유해 23위에 올랐다. 이학수 전 삼성그룹 부회장의 두 아들도 사모펀드 업계에서 활동하고 있다. 이명박 집권 기간에 본인의 '다스' 외에도 형 이상득의 아들, 친구 최시중 전 방송통신위원장의 양아들은 맥쿼리의 민자 건설 등 많은 건에서 대규모 이익을 챙겼다.

이렇게 전통적인 제조업 기반의 재벌들의 시대를 대신하여, '돈 놓고 돈 버는' '금융자본' 시대에 정치인, 관료, 법조, 언론, 종교, 학계, 전문가 집단(회계사, 변리사, 세무사, 의사, 약사 등) 등이 뛰어들지 않으면 오히려 이상한 일이었다. 재벌 역시 '큰 손' 역할을 수행하며 각종 돈 버는 방법들을 익혔다. 이는 박근혜 정부-문재인 정부-윤석열 정부에서도 지속되었다.

한편 김대중 정부에서 금융감독위원회 위원장과 재경부 장관을 지낸 이헌재는 퇴직 후 김앤장에서 일을 한다(이후 노무현 정부에서 재경부 장관 겸 부총리로 다시 발탁된다). 이때부터 회전문 인사가 본격화된다. 김앤장에는 행정부 및 산하기관, 국회, 청와대 출신 등이 많다. 다음은 기사 중 일부이다. (출처. 시사저널. 2018.11.09. "김앤장은 또 하나의 정부")

"예컨대 공정거래팀에는 공정거래위원회(공정위) 출신 고문과 위원이 적어도 50명 넘게 있다. 작은 공정위다. 10~20년 일한 OB(Old Boy·업계 선배)들이 몇십 명 있다. 만약 공정위가 어떤 사건을 맡더라도 이 50명 중 한 명은 해당 사건의 담당자와 막역하다. 로비라고 할 것도 없다. 이미 친했던 사이라 불법적인 청탁마저 무의미해지는 것"이라며 "공정위 담당 사무관이 특정 사건을 A로 인지하는지 B로 인지하는지에 따라 죄의 중함이 달라진다. 여기에 추가 조사 여부 및 외부 공개 여부 등도 달라진다. 이 모든 게 관계만으로도 해결 가능하다는 것"이라고 전했다. (중략) "금융팀에는 규제를 담당하는 팀이 따로 있다. 여기에는 금융위원회·금감원 출신이 거의 100명 가까이 있다. 어느 팀이든 장차관급뿐만 아니라 과장이나 국장급, 주무관(7급)에서 시작해 사무관으로 끝난 실무형 공무원 출신이 최소 3명의 세트를 이뤄 포진해 있다. 중앙부처가 아니더라도 처나 청 단위 조직, 국회 사무처 출신 인재도 있다. 사실상 김앤장이라는 울타리 안에 입법부와 행정부, 사법부 등 대한민국의 작은 정부가 또 하나 존재하고 있다고 보면 된다"고 밝혔다.(이하 생략)"

이렇게 행정부 및 산하기관, 국회, 청와대 출신 등은 '돈을 벌다가' 다시 '공직을 맡는다'. 돈 버는 방법을 그들만의 리그에서 충분히 익힌다(최근 악역을 한 한덕수가 '엄청 돈을 밝힌다'는 것과 김앤장에서 일했다는 사실은 잘 알려져 있다). 따라서 예전처럼 재벌에게 받는 '떡고물'에 의존하지 않는다.

이 과정에서 법조계의 힘이 커진다. 회전문 인사의 주된 수혜자이기도 하고, 재벌의 불법 탈법은 물론, '돈을 둘러싼 각종 소송 내용'을 법조계가 알고, 지배세력 내의 온갖 추문을 '정보 획득'하기 때문이다. 특히 검찰의 힘이 커진다. 그리고 '반부패 부서'의 힘이 커진다. '정보' 및 수사권, 기소권을 가지고 있으니 당연하다. 또 앞서 말한 대로 정치권이 고소 고발을 남발하니 이 또한 좋은 일이다. 선거법과 정치자금법 위반에 대한 판단 권한도 가지고 있으니 금상첨화다.

이렇게 국정원, 방첩사(과거 보안사, 기무사) 등이 약화된 상황에서 검찰은 정보와 권력을 가지게 되었고, 이를 지탱하는 재정 기반을 갖게 되었다. 이것이 법조계를 주축으로 하여 검찰 스스로 카르텔 내의 힘들을 동원하여 '대통령 권력'을 직접 노리게 된 배경이다. 이들은 술 좋아하고, 자기들 내에서 '의리'를 중시하며, '무속'을 따르고(귀가 얇다는 뜻이다), '단순 무식한' 스타일의 윤석열을 리더로 세웠다.

윤석열은 취임 이후 한동훈을 법무부 장관으로 임명했고, 한동훈은 장관 겸 검찰총장 겸 민정수석의 역할을 하며 검찰 인사를 주도했다. 또 고교와 대학 후배인 판사 출신 이상민을 행정안전부 장관으로 임명하여 경찰국을 설치하는 등 경찰을 장악했다. 금감위원장도 검사 출신을, 공정거래위원장도 사법연수원 동기인 서울대 로스쿨 교수를 임명했다. 국정원 기획조정실장, 국무총리 비서실장에도 검사 출신을 임명했다. 청문회를 거치지 않고 국세청장을 임명한 것을 제외하면 이른바 모든 중요 권력 기관들을 법조계 특히 검사 출신으로 채웠다.

윤석열 그룹은 여야 정치권, 관료, 재벌, 언론 등에 대한 견제와 통제의 의도를 드러냈고 이를 통해 권력 기반을 강화했다. 거침없는 일방통행식 발언과 행동은 윤석열의 집권기 초반부터 지배세력 내에서 우려를 자아냈다. 게다가 이번 사태에서 보듯 집권 초부터 '충암파'라 불리는 이들을 동원하여 군과 국정원을 장악했다. 그리고 우리는 2년 6개월간 윤석열의 이른바 '검찰독재'를 경험했다.

윤석열의 집권 기간에 시민의 삶은 더 악화되었고 기대는 실망으로 빠르게 바뀌었다. 윤석열과 김건희의 막무가내식 사고와 행동은 한국 사회의 모순을 증가시켜 격렬한 '정치투쟁'을 일으킬 수밖에 없었다. 이는 1차로 2024년 4월 총선에서 야당의 압승으로 나타났다. 민의를 확인한 야당은 국회에서 윤 정권에 맞서 적극적으로 투쟁했다. 결국 이를 견디지 못한 윤석열은 내란과 외환을 통해 국면 전환에 나섰다.

〃 비상계엄, 열 받으니까…?

왜 윤석열은 12월 3일 밤 비상계엄을 선포했을까? 윤석열은 이미 검, 경, 군, 국정원 등 정보와 물리력을 그가 장악하고 있다는 자신감이 있었다. 이번 사태 범죄자들의 공소장을 통해 밝혀지고 있는 사실들로 보아 그는 2024년 총선 후부터 본격적으로 계획을 세웠고 준비했다. 즉 야당에게 국정 주도권을 빼앗긴 상태에서 끌려다니는 상황을 '한 방에 반전'시키는 카드로 계엄을 준비했던 것이다. 총선 이후 윤석열 부부에게 상황은 더욱 악화되었다. 그러다 11월 말에는 명태균의 특검 요구로 인해 부부에 대한 추가 폭로 가능성이 높아졌고, 국회에서 12월 4일 감사원장과 서울중앙지검장 등에 대한 탄핵소추 의결, 12월 10일 채 상병 사건에 대한 국정조사, 김건희 특검 재의 표결 등이 예고되어 사면초가에 빠져있었다. 당시 여론은 조중동조차 윤석열을 압박하는 상황이었다.

한편 직관적이고 감성적인 설명도 있다. 윤석열의 내면 심리와 행동의 동기가 이성적이지도 합리적이지도 않다는 설명이다. 즉 12월 4일 오후 한동훈과 국힘 중진들을 만났을 때 윤석열은 "민주당의 폭주를 국민에게 알리기 위해서"라고 말했고, 이후 담화에서 이를 '반국가세력'이라고 명확히 밝혔다. 또 조중동에서는 12월 5일 그의 '즉흥적 성격', '이성적이지 않고 극히 감정적이며, 사려 깊지 않고 충동적'인 '성격'을 제기했다. 한겨레신문 성한용 기자는 국힘 친윤계 의원에게 윤석열이 왜 비상계엄을 선포했냐고 묻고, 이런 답을 얻었다고 썼다. "여러 가지다. 야당도 그렇고 한동훈도 짜증 나게 하고. 열 받으니까 그런 거지."

이에도 일말의 진실이 있다. 윤석열은 일 처리를 상식적으로 하지 않고 비상식적으로 한다는 뜻이다. 본인이 대통령인

데 국회가 자신을 흔든다고 생각했고, 이를 용서할 수 없다는 인식을 가졌고, 이는 그의 성격으로부터 비롯되는 것이기 때문이다. 그러나 1987년 이후 역대 대통령은 국회와 대립할 때 윤석열과 같은 인식을 갖지 않았고 따라서 이런 판단을 하지 않았다.

종합해보면 윤석열은 계엄을 오랫동안 준비했다. 나중에 밝혀지겠지만 김건희는 당연히 알고 있었고 부부의 관계로 보아 '계엄을 재촉했을' 가능성이 크다. 윤석열은 검 경 군 국 정원이 일사불란하게 움직일 것이라고 믿었고, 자신이 가장 많고 정확한 고급정보를 가지고 있다고 판단했다. 그리고 한 동훈에게는 배신감을 가졌고, 이재명은 죽이고 싶었다. 이들을 '사살하라'고 한 것은 사실로 보인다. 계엄 포고령에 밝힌 대로 국회를 해산하고 전두환처럼 '입법회의'를 만들고, 자신에게 반대하는 이들을 모두 '반국가세력'으로 규정하여 처단하고, 권력을 장악하려 했다. 12월 3일이 된 것은 '안산보살'이라 불리는 노상원이 '날짜를 받아온 것인지' 그리고 윤석열 부부가 이를 따른 것인지는 곧 밝혀질 것이다.

2.

탄핵 소추안 가결 이후
헌재 파면 결정까지

✒ 윤석열과 국민의힘

12월 14일 국회의 탄핵 소추안 가결 이후 윤석열은 직무가 정지됐다. 하지만 우리가 보듯 비서실, 경호처는 그대로고, 그는 증거를 인멸하고 탄핵 절차를 최대한 늦추며 기각의 반전을 노리고 있다. "내란이 아니라"며 여론전을 하고 있다.

국힘은 친윤이 한동훈을 쫓아내고 다시 권력을 쥐었다. 이들은 한덕수, 최상목 및 국무위원들을 압박하고 있다. 그리고 법원을 압박하여 지지율 1위인 이재명의 판결을 빠르게 진행하려 한다. 이를 위해 '제도와 절차'를 주장하고 여론전을 본격화하며 최대한 시간 벌기에 집중하고 있다.

이들은 늘 그랬다. 이승만 하야 후에도, 박정희 사후에도, 박근혜 직무 정지 후에도 그랬다. 절대 고분고분 물러나지 않는다. 이들에게 중요한 것은 현재 가진 권력을 유지하는 것이고, 이를 위해 모든 노력을 다한다. 그리고 결국 대선은 거대 양당 구도로 갈 것으로 보고 대선 이후 야당이 되어도 단일대오로 가는 것을 목표로 하고 있다. 그것이 유리하기 때문이다.

한편 민주당이 '제도와 절차'에 머무르게 될수록 이들에게는 유리하다. 하지만 '제도와 절차'의 원천은 주권자와 광장의 힘에 있다. 주권자는 언제든 '제도와 절차'를 바꿀 수가 있다. 이 힘을 받아 움직이는 것이 제도권 야당이라는 점을 우리는 인식해야 한다.

현재 이들은 한덕수를 비롯하여(한덕수가 직무 정지되는 과정도 절차를 앞세워 시간을 최대한 끌었다) 최상목, 이주호로 이어지는 승계 순위자들을 '보호하는 척'하며, '국정혼란론'을 강화하고 최대한 민주당과 각을 세우는 방식을 이미 선택하였다. 이는 이번 사태 후 치러질 대선에서 그들에게 유리하기 때문이다. 실제로 그간 우리가 경험해보지 못한 내용과 형식으로 말도 되지 않게 '최대한 국정혼란'을 일으킬 것이다. 이들은 윤석열이 파면된 후에도(그럼 또 다른 명분을 내세울 것이다) 야당 공동 책임론과 이재명 불가론을 함께 내세울 것이다.

한편 이들은 수구 언론과 합작하여 민주당과 특히 진보당에 대한 '종북 논란'을 이어갈 가능성이 크다. 향후 대선에서 민주당과 진보당의 공조를 막고, 광장과 민주당을 분리하는 정책으로 유용하기 때문이다. 또 광장에서 수구 아스팔트 세력을 내세워 '폭력사태'를 일으키거나 또 다른 '폭력사태'를 기획할 수 있다. '혼란'을 이유로 공권력을 붙들어 놓을 수 있기 때문이다. 따라서 광장의 흐름을 지금처럼 '명랑하게' 그리고 '대규모로' 지속해야 할 필요가 있다. 수구 아스팔트 세력은 고연령층이 많고, 재정 후원 없이는 가동이 미약한 관계로 겨울에 힘이 붙기는 어렵기 때문이다.

한편 국힘 내에서 차기 대통령을 꿈꾸는 홍준표, 오세훈, 안철수 등은 고민이 깊어지고 있다. 윤석열이 파면되면 60일 이내에 대선을 치러야 한다. 민주당이 당연히 유리하고 국힘 후보는 당선 가능성이 없다. 하지만 1년 후 치러지는 광역단체장 선거도 불리하긴 마찬가지다. 특히 홍준표, 오세훈은 또 단체장을 해봐야 의미가 없다. 필자의 예상으로는 대선 출마 가능성이 크다. 자칫하면 이준석이라는 새 세대에 의해 '정치적 미래'를 빼앗길 수 있기 때문이고, 제1야당의 당권을 잡을 수 있고, 다시 중앙정치를 할 수 있기 때문이다.

이들이 대선에 출마하면 시점에 따라 광역단체장 재선거를 치러야 할 수도 있고, 2026년에 예정대로 선거를 치를 수도 있다. 만약 대선과 단체장 동시 선거가 된다면 민주-진보-시민 연합 후보를 낼 수 있는 가능성도 있다. 사례는 많다. 예를 들어 박원순 시장이 처음 당선될 때 그는 시민후보였고 민주당과의 연대를 통해 당선됐다.

❙ 민주당, 조국혁신당

민주당은 1960년 4.19 후에도, 1979-1980년에도, 1987년 6월항쟁 후에도, 2016-2017년에도, 각 역사적 시기마다 '눈앞의 집권 욕심'에 따라 '타협적인 기조'를 취해왔다. 이번에도 이런 태도를 취했다. 이는 이미 한덕수 및 국무위원들에 대한 태도와 6개 법안 처리에서 드러났다. 사태 후 국회에 나와 머리를 조아리던 이들의 태도를 보고 민주당이 마음을 놓은 것이 결정적인 실수였다.

민주당에는 한덕수가 경험이 많고 합리적이어서 현재의 국면을 큰 무리없이 조정해 나갈 것으로 기대하는 이들이 많았다. 내란 사태로 인해 탄핵 절차가 진행됨에 따라 윤석열을 일방적으로 펀드는 일은 하지 않을 것으로 예상하는 이들도 많았다. 그래서 민주당은 축구에서 사용하는 일종의 '빌드 업' 전술을 택했다. 그러나 한덕수의 명확한 거부로 벽에 부딪혔다. 민주당의 빌드 업보다 국힘의 '보호 전술'이 오히려 한덕수를 움직였고, 그는 시간을 벌며 스스로 탄핵되는 방식을 택했다.

민주당은 여론의 힘으로 헌재를 압박하여 윤석열의 최대한 빠른 파면 결정을 얻는 것이 1차적 목표다. 그리고 헌법재판관 6인 체제보다 9인 체제가 안정적이라고 판단했으면 한덕수나 국무위원들이 이번 사태에 얼마나 어떻게 연루되었는지를 강하게 몰아붙였어야 했다. 국회 상임위 외에 국정조사가 그것이었다. 여야 합의가 아닌 의석수와 여론으로 밀어붙였어야 했다. 현재 유일한 선출 권력은 국회기 때문이다. 명분은 충분했다. 계속 생중계를 했어야 했다. 이를 빠르게 진행하면서 한편으로 이번 사태에 연루된 이들의 범죄 사실을 계속 드러내며 여론의 힘을 키우는 것이 가장 중요했다.

민주당은 12월 24일까지 전술적인 실수가 있었고, 26일 한덕수의 기자회견을 통해 다시 공을 넘겨받은 후에야 그를 직무 정지시켰다. 이제 최상목 및 국무위원과 고위관료들을 본격적으로 압박해야 한다. 만약 압박이 약하고 광장과 힘을 함께 하지 못하면 야당은 지리멸렬해지고, 상황에 따라 '반동(反動, reaction)의 시기'가 올 수도 있다. 교활한 한덕수는 기자회견을 통해 '비상사태'를 슬쩍 언급했다.

노종면이 언론에 나와 말했던 대로 몇 명의 국무위원들을 더 탄핵하여 국무회의를 무력화하고, 국회가 결정권을 가지는 방식을 적극적으로 채택했어야 한다. 현재는 비상시국이고, 또 헌법과 법률에 부합하기 때문이고, 차관들을 통해 행정 집행은 충분히 가능하기 때문이다. 또 프랑스 등의 역사를 볼 때 주권자가 선거로 의회를 구성하고, 의회가 행정부를 구성하고 통제하는 것이 원래 주권자의 의지가 관철되는 민주주의기 때문이다.

⎾ 역사의 반동(反動, reaction) 가능성

이런 일이 벌어지지 않기를 바라지만 언제든 역사의 반동 가능성은 있다.

윤석열은 내란을 일으켰다. 또 북한과의 국지전을 통해 계엄의 명분을 살리고 국회를 해산하는 등 계엄 포고령에 밝힌 일들을 실제로 진행하려 했다. 박정희와 전두환식 권력을 추구했다.

2024년 12월 31일 시점에서 집권세력의 다음과 같은 시나

리오가 가능하며, 이를 판단하는 필자의 가늠자에 대해 설명한다.

첫째, 탄핵 절차를 최대한 늦춘다. 또 수사기관의 수사와 체포에 최대한 버티며 응하지 않는다. 윤석열이 늦출 수 있는 것은 늦추고, 국힘과 국무위원들이 늦출 수 있는 것은 최대한 늦춘다. 이 과정에서 야당 원인 제공론을 키우고 국힘 지지율을 최대한 끌어올린다. 지지율이 높아지는 만큼 국힘은 단일대오 형성이 가능하고 방어력이 생기기 때문이다.

따라서 가늠자는 국힘에 대한 지지율과 국무위원들의 태도와 검·경·군·국정원을 포함한 그들 간 공조의 불일치 현상의 정도이다. 12월 3일 사태 이후 12월 31일까지 윤석열과 국힘의 의도가 어느 정도 성공했다. 1월에도 이런 전략이 가능할지는 12월 31일 최상목의 태도에 달려있었다. 당일 최상목은 헌법재판관 2인은 임명하고 1명은 보류하고 쌍특검법은 거부했다.

최상목의 결정은 '위헌이고 잔꾀'지만 야당과 광장은 한 발 나아가게 되었음을 의미한다. 그의 결정은 시간을 번다는 점에서 윤석열과 국힘의 입장과 같다. 하지만 국힘의 '임명 불가론'을 깨뜨렸고 헌재 8인 체제를 만들었다.

한편 최상목은 서울대 법대 출신으로 전두환 독재 시절 많은 이가 반정부 학생운동에 나서 죽고 다치고 감옥 갈 때, 이를 외면하고 고시 공부에 전념했고 이후 출세 가도를 달린 자다. 박근혜 정부 시절 고위직에 올랐고 최순실의 미르 재단 관련하여 국회에서 거짓말도 했다. 삼성물산과 제일모직 합병에도 개입했다. 박근혜 몰락 과정에서 최상목은 윤석열에게 신세를 졌다고 한다. 문재인 정부가 들어서며 공직에서 물러나 대기업과 금융회사에서 사외이사 등을 하며 돈을 벌었다. 윤석열 인수위에 합류하여 이후 정부에서 최고위직까지 올랐다. 그는 아마 현직을 그만두게 되면 이헌재나 한덕수처럼 '떼돈을 버는' 쪽에서 활동할 것이다.

반면 최상목이 보류한 헌법재판관 마은혁은 같은 서울대에서 학생운동을 했고, 이후 인천에서 노동운동을 했다. 당시는 노동자들의 삶이 지금과는 비교도 되지 않을 만큼 열악했다. 1987년 6월항쟁 이후 노동자들이 "우리도 사람이다. 사람답게 살고 싶다"며 부르짖었을 정도다. 그때 이들을 도운 사람이다. 역사는 아이러니하다. 그러나 결국 선이 악을 이긴다.

둘째, '국정혼란론'을 극대화한다. 동시에 법원을 압박하여 이재명 2심 판결을 유죄로, 대법 판결을 유죄로 최대한 빨리

끌어낸다. 이 과정에서 야당 원인 제공론에 더해 이재명 불가론을 키운다. 또 이재명이 불출마해야 한다는 메시지를 키운다. 이 과정에서 야당의 전투력을 약화하고, 야당과 광장을 분리한다. 만약 이재명이 불출마를 선언하게 되면 민주당 등 야권은 분열된다. 금상첨화다. 그럼 국힘의 재집권 가능성도 커진다. 이후 윤석열과 단절하면 된다. 따라서 헌재의 일정과 이재명의 재판 일정, 윤석열에 대한 탈당이나 제명 시점이 언제가 되는지가 가늠자가 된다.

이 두 가지는 약한 반동을 가져올 수 있으나, 윤석열 파면으로 가는 큰 흐름은 막지 못한다.

셋째, 광장을 직접 공격하는 것이다. 우선 광장에서 직접적인 '폭력사태' 유발을 통해 광장의 힘을 약화하는 것이다. 또 국힘 당사나 정부 건물, 인물들에 대한 공격 등을 사주하여 국면 전환을 노릴 수 있다. 그리고 공안 사건을 터뜨릴 수 있고(2017년 박근혜 탄핵 이후 당시 기무사가 종교계와 재야인사들로 구성된 대규모 간첩단 사건을 조작하려 계획했다는 것이 밝혀졌다. 기무사령관은 미국으로 도망갔다가 윤석열 정부 때 귀국했다), 이번에 알려진 대로 국지전을 터뜨릴 수도 있다. 이런 것들은 정부가 '질서유지'를 명분으로 집회 및 시위 금지로 현실화하거나 '비상사태 선언'을 통해 계엄령에 준하는 '강한 반동'을 가져올 수 있다. 이 경우는 이에 대응하는 광장의 힘에 따라 새로운 국면이 나타날 수도 있다. 그래서 이런 일들의 발생을 원천적으로 막을 수 있는 광장의 힘을 유지하는 것이 매우 중요하다.

만약 위의 세 가지를 통해 특히 셋째를 통해 어느 정도 성공하면 헌재에 대한 압박을 본격화하여 기각을 이끌어내고 윤석열이 직무에 복귀할 수 있다. 이렇게 되면 광장과 야당은 당장 물리적인 타격을 받을 것이고, 국힘의 리더십은 붕괴하고 윤석열이 힘을 가질 수 있다. 그러나 이렇게 되면 사실상 '내전'에 돌입하게 된다. 따라서 이런 일이 벌어질 가능성은 매우 낮다. 즉 군과 경찰 등 물리력을 가진 집단에서 윤석열에 대한 충성으로 행동에 나설 이들은 거의 없을 것이다. 또 국힘이 이런 상황까지 끌고 가는 것은 자해행위기 때문이다. 물론 윤석열 일당 및 그들을 따르는 막가파들은 충분히 가능한 시나리오로 삼을 수 있다. 이들은 보통 사람들의 상식과는 전혀 다르기 때문이다.

있을 수 있는 반동을 원천적으로 봉쇄하는 것은 깨어 있는 시민과 광장의 힘이다.

┃ 파면과 대선

윤석열의 빠른 파면은 야당과 광장이 같은 목표다. 광장의 힘에 따라 헌재는 2개월 내에 결정할 수 있다(워낙 사안이 명확하고 여론이 압도적이다). 그러면 대선은 4월 말이다. 이 경우 차기 대통령은 이재명이 가장 유리하다. 2심 판결이 무죄가 될 수도 있고 유죄가 되더라도 대법 판결은 대선 이후가 되기 때문이고 결과는 뒤집힐 수 있다. 나머지 재판들은 연기될 것이다. 시점 문제만 해결되면 민주당이나 조국혁신당에서 이재명을 대신할 후보를 찾는 일은 어렵다. 총선에서 민주당이 압도적으로 승리했고, 제1당 대표고, 직전 선거에 출마했기 때문이다.

한편 이번 사태에서 우원식의 역할과 태도가 두드러졌다. 처음으로 언론의 대선 후보 명단에 올랐고 지지율이 높아지고 있다. 이재명의 낙마 시 대안으로 가능하다. 김동연, 김경수, 김부겸 등은 유권자의 인식으로 볼 때 대안이 되기 어렵다고 본다.

진보정당들

윤석열 파면까지는 민주당과 광장과 함께할 것이다. 이후 대선에서는 민주당과 공조할지 여부는 아직 결정된 바 없다. 앞서 말한 대로 진보당은 '종북 논란'이 커지면 또 '유일 진보 정당'의 입지를 갖기 위해 독자 후보를 낼 가능성이 크다. 나머지 정당들은 현재 시점에서 후보를 낼 여력이 없어 보이지만 각자 독자적으로 출마한다면 정치적인 의미는 없다고 생각한다. 오히려 '민주-진보-시민 연립정부' 구상을 가지고 준비하는 것이 좋다고 생각한다.

광장

'윤석열즉각퇴진·사회대개혁 비상행동'은 윤석열 파면까지 광장의 지도부 역할을 할 것이다. 물론 '촛불행동'과 별도의 집회를 가지게 될 것이다. 만약 역사의 반동이 나타나도 이를 해결할 주체는 광장이다. 광장에 시민의 힘을 모으는 것이 현재 가장 중요한 일이다.

문제는 파면 이후다. 그럼 '사회대개혁 비상행동'으로 이름을 바꾸고 활동해야 한다. 여기에 진보당, 기본소득당, 사회민주당, 정의당, 노동당, 녹색당 등은 함께 해야 한다. 그래야 민주당, 조국혁신당에 개헌과 법률 개정 폐지 제정 등 '제도 변화'를 요구하기가 상대적으로 쉽기 때문이다. 물론 민주당과 조국혁신당을 끌어들이면 더욱 좋다. 하지만 쉽지 않을 것이다. 그들이 거리를 두려 할 가능성이 크기 때문이다. 그러나 동시에 대선에서 민주당이 확실한 승리를 하려면 진보정당들과 시민사회운동의 힘이 필요하다. 따라서 이 부분에 대한 '정치력'이 긴급하게 준비되어야 한다. 매우 중요한 일이다. 민주당과 관계에서 견제와 협력이라는 전술이 중요하다.

그런데 파면 이후는 곧 대선이고, 선거에서는 각 정당의 정책 우선순위에 차이가 있을 것이므로, 이를 조율하는 '정치력'도 발휘해야 한다. 그런데 이 일을 제대로 수행할 수 있을지가 의문이다. 전체가 힘을 모아 나가는 방식이 계속 가능할지, 아니면 과거처럼 각개약진 방식으로 '정책 건의' 방식으로 후퇴할지 아직 모르기 때문이다. 현재로서는 후자 가능성이 높아 보이나 포기해서는 안 된다고 생각한다.

광장의 지도부 구성은 이번에는 매우 늦었다. 이유는 다음 다섯 가지다.

첫째, 문재인 정부가 집권 후 촛불 주도세력을 배제하고 사회대개혁 과제를 수행하지 않았다. 이로 인해 촛불 주도세력은 민주당과 거리를 두었다.

둘째, 2019년 '조국사태' 때 촛불 주도세력 사이에 분열이 생겼다. 친문 단체, 친민주당 인물들이 서초동 촛불을 주도했다. 여기에 진보당 및 친화적인 단체들과 인물들이 참여했다. 그렇지 않은 이들은 참여하지 않았다.

셋째, 민주당 광역단체장들의 성폭력 성추행 등 사건 이후 세대별, 성별로 민주당에 대한 인식 차이가 더 커졌다.

이 3가지 이유로 청년세대는 중년 노년 세대와는 다른 인식을 가지게 됐다.

넷째, 윤석열 집권 직후부터 광장에 나타난 '촛불행동'은 서초동 집회를 주도했던 이들과 진보당에서 나와 이후 국민주권당을 만든 이들이 함께 주도했다. 여기서 활동한 김민웅 교수(목사)에 대해 청년세대가 중심이 되어 박원순 사건 관련하여 '성인지 감수성'과 '2차 가해' 문제를 제기했고, 대법원의 유죄 판결 이후 최근에는 김 교수는 물론 이를 옹호하는 태도를 가진 중년 노년 세대 목사들 및 재야인사 등에 대한 공개적인 문제 제기에 이르렀다. 성 평등, 장애, 도시빈민, 기후위기 대응, 차별금지법 제정 운동 등의 분야에서 활동하는 이들이 문제의식을 넓게 공유하고 있다.

다섯째, 2024년 총선을 앞두고 '비례위성정당' 논란이 더 커졌다. 이에 참여한 재야와 진보연대, 시민사회단체 일부에 대한 문제 제기가 컸었다. 그래서 이후 만들어진 비상시국회의와 윤퇴진 운동본부 준비위는 구성이 달랐고 서로 힘을 합치지 못했다. 그런 동안 광장에서는 '촛불행동'이 계속 집회를 열고 있었다. 그러다가 결국 12월 3일 이후에야 서로 힘을 합치게 된 것이다.

이렇게 광장은 이제 집행력은 갖추었다. 하지만 '정치력'을 제대로 발휘할 수 있을지는 의문이다. 특히 향후 예고되는 윤석열 체포 관련하여, 윤석열 일당과 국힘의 태극기 부대를 동원한 맞불 집회와 여론전에 대해, '비상행동'이 잘못 판단하여 여론이 일종의 '찬반 대립'으로 변화되지 않도록 전술적인 운용을 잘하는 것이 매우 중요하다. 공권력은 아직 시민의 편이 아니라는 점, 수구세력은 호시탐탐 국면 전환을 노린다는 점을 고려하여, 또 광장을 지지하는 압도적인 여론은 '헌재의 조기파면'에 있음을 인식하고 이에 부합하는 전술 운용이 중요하다.

❚ 정의당, 노동당, 녹색당 3당의 과제

총선 때부터 현재 국면까지 민주당-진보당은 공조를 해왔다. 정의당, 노동당, 녹색당은 이들과 거리를 두었다. 바로 위에서 말한 다섯 가지를 볼 때, 또 청년세대가 8년 전부터 획득한 '미투와 위드 유'라는 '가치'로 볼 때 청년세대의 의식은 정의당, 노동당, 녹색당과 가깝다고 본다. 문제는 현재 이들 당이 이를 현실화할 '독자적인 정치력'이 없다는 점이다.

최근 4주간 여의도에서, 남태령에서, 광화문에서, 청년세대는 평등, 평화, 생태를 주장하며, 피지배 계급계층, 여성, 성소수자, 장애, 기후정의 등을 외치고 있고, 이는 중년 노년 세대에게 울림을 주고 있으며, 이로 인해 세대 간 연대가 강화되고 있다. 게다가 '이대남'이라 불리던 20-30대 남성들도 이 연대에 동참하고 있다. 이준석류가 이를 다시 장악하려 노력해도 과거처럼 위력을 발휘하기는 힘들다. 현재 세대와 성에서 20-40대가(일부 50대 이상도 있다) 평등, 평화, 생태의 시대정신을 강력히 주장하고 있다. 계급계층에서도 일정 부분 그러하다. 이재명과 민주당이 표방하는 '실용'으로 포장된 '사회경제적 본질'을 대중은 알고 있기 때문이다. 단지 이재명에 대한 비호감, 도덕성이 비판의 본질이 아니다.

남는 것은 지역이다. 지역에서 이런 흐름을 묶어낼 수 있는 '정치력' 그리고 인물들이 매우 긴급하고 중요하다. 오늘 현재 세 당의 과제다. '독자적인 정치력'이 없으면 연합하여 정치력을 만들어야 한다. 작은 차이를 넘어서야 한다. 1987년 이후 30년 만인 2016-2017년에 우리는 대중 봉기를 그것도 대규모 촛불시위라는 평화적인 방식으로 경험했다. 그리고 당시 준비되지 않은 정치세력은 무력할 뿐임을 경험했다. 그러나 지금은 유사한 그러나 더 비극적인 일이 충분히 일어난다는 것을 다시 경험 중이다. 지금 작은 차이를 과감하게 넘어서는 정치 행동을 하지 않는다면 이들 세 당은 이후 뼈저리게 후회할 것이다. 소멸 가능성이 매우 크다. 그리고 새로운 사람들에 의해 새로운 정당이 나타나게 될 것이다.

3.

여성, 청년과
'빛의 혁명'은 진행 중

계엄 선포 이후 4주간 우리는 광장에서 놀랍고도 새로운 경험을 하고 있다. 예전처럼 촛불이 아니고 형형색색의 응원봉에 K팝에 맞춰 명랑하게 노래하며 춤춘다. 즐거운 표정으로 타인을 배려하고 물품을 나누며, 기발한 구호가 적힌 손피켓과 깃발을 들고 있다. 그리고 어두운 밤을 비추는 빛.

발 빠른 언론은 이를 '빛의 혁명'이라 부르고 어느덧 정치인들도 이 표현을 쓰고 있다. 광장에는 여전히 민주노총과 시민사회단체의 깃발이 많지만, 광장의 중심에는 청년세대 특히 여성들이 있다. 이들이 남태령 대첩 또한 만들어냈다.

광장을 초대형 콘서트장으로 만들고 유지하는 이들은 젊은 여성들이 주력이다. 물론 이들과 함께 하는 젊은 남성들도 많지만 말이다. 중년과 노년 세대는 K팝을 따라 하는 것이 어렵지만 열심히 하고 있다. 청년세대가 '임을 위한 행진곡'을 함께 부를 때 울컥함을 느끼면서 말이다. 젊은 여성들은 각자가 좋아하는 가수들의 팬클럽이나 온라인 모임을 통해 소통하고 있다고 한다. 규모에 따라 5만 명인 모임도 있다고 하고, 최근

가입을 원하는 사람들이 넘쳐나서 일정 숫자에서 마감한다고도 들었다.

생각해보면 10대 후반에서 40대 초반에 이르는 여성들이 우리 사회에서 가장 진보적이다. 이들은 남성이나 중년 노년 세대에 비해 압도적으로 많은 책을 읽고, 각종 영화, 공연, 전시, 스포츠 등에도 참여하고 관람하고 있다. 즉 문화적으로 가장 앞서 있다. 또 이들은 묻지마 범죄, 아동 학대, 남성 우위 문화, 세월호 참사, 이태원 참사 등 사회문제에 대해 공분하여, 거리와 온라인에서 새로운 양식의 집회 및 시위 문화를 보였다. 이미 10여 년 되었다. 이들의 정치의식은 그동안 있었던 각종 선거 때마다 투표 결과를 통해 이미 증명되었다.

청년층에 대한 이해를 조금 깊게 하기 위해, 시간을 뒤로 돌려 2021년 4월 7일 서울시장 보궐선거 결과를 보자. 이 선거에서 많은 이들을 놀라게 한 18세-30대 초반 남녀 투표 결과에 대해 생각해보자. 자료는 당시 방송 3사의 출구조사를 토대로 했다.

득표 결과다. 박영선 39.18, 오세훈 57.50, 신지혜 0.48,

허경영 1.07, 오태양 0.13, 이수봉 0.23, 김진아 0.6, 송명숙 0.25, 신지예 0.37였다.(기호순. %)

박영선+오세훈의 득표율은 96.68%이다. 남은 3.32%를 나머지 후보들이 득표하였다. 정의당, 노동당, 녹색당이 출마하지 않은 상태에서, 진보정당 지지표는 불참 또는 분산이 예고되었다. 우선 원내정당인 기본소득당의 신지혜보다 여성의당의 김진아가 높은 것이 눈에 띈다. 이는 유권자들이 '여성문제'에 더 주목한 것이라고 볼 수 있다. 한편 공보물, 현수막, 포스터를 통해 나타난 '페미니즘' 유사성을 가진 신지혜, 김진아, 신지예를 합하면 1.53%다.

18세-30대 초반 여성은 모든 세대 중에서 박영선 지지가 높고, 기타 후보 지지가 높은 층이었다. 그런데 진보 성향 후보들의 당선 가능성이 전혀 없다는 것을 알면서도 민주당이 아닌 다른 선택을 한 것은 매우 의미가 크다. 즉 현실이 아닌 미래를 위해 투표를 한 것이다. 이 점에서 18세-30대 초반 여성은 한국사회의 미래에 대한 희망을 보여주었다. 또 경제적 평등과 함께 가장 중요한 성평등 문제에 대해, 이 선거가 성폭력으로 비롯된 점, 또 선거 이후 고 박원순 시장 사건을 둘러싼 논쟁이 진행된 점, 그리고 정의당 당대표의 성추행 사건이

터진 점 등을 고려하면, 이 여성층은 페미니즘 문제를 중심으로 선택할 수밖에 없었다고 보인다.

알다시피 여성들은 우리 사회에서 매우 심각한 성 불평등을 겪고 있고, 또 성폭력 위험을 항상 느끼고 있다. 이 문제를 정면으로 드러낸 여성 후보 3명에게 여성층이 집중 투표를 한 것은 새로운 미래를 열고자 하는 중요한 행동이다. 이는 또한 거대 기득권 양당 구조를 넘어서려는 행동으로 평가할 수 있다. 젊은 여성층이 페미니즘만이 아니고, 평등 평화 생태 문제 해결에 가장 민감하다는 것은 잘 알려져 있기 때문이다.

반면 20대 남성의 72.5%가 오세훈을 선택한 것에 대한 원인 분석과 이해는 다소 복잡하다. 이 현상에 대한 원인 분석과 이해에는 다면적 접근이 필요하다. 이를 단지 청년세대의 보수화나, 박영선이 말한 것처럼 역사에 대한 경험치 부족으로 원인을 돌리는 것은 잘못된 판단이다.

문재인 대통령 취임 직후 2017년 6월 여론조사에서, 20대 남성의 국정운영 지지율은 민주당의 가장 강력한 지지층인 40대 남성 89%와 거의 같은 87%였다. 그런데 2018년 12월 여론조사에서 20대와 30대 초반 남성 지지율은 20%대까지 급격히 하락했다. 페미니즘을 둘러싼 논쟁, 혜화역 시위, 이수역 사건 등을 둘러싼 논쟁이 계기가 되었다. 강력한 지지층이었던 이들이 급격하게 문재인 정부에 대해 지지를 철회한 이유를 생각해보자.

이들은 초등학교 때부터 치열한 경쟁을 통해 대학입시로 한번, 그리고 대기업과 공기업, 정규직 취업이냐 아니냐로 두 번, 부모가 자산이 있느냐 없느냐로 세 번, 이렇게 사람의 등급을 나누는 사회에서 성장했고 살고 있다. 연애, 결혼, 출산은 등급에 따라 할 수 있든지 할 수 없는 일이 되었다. 결혼하지 않겠다는 비율은 청년 남성이 더 높다. IMF 이후 한 세대만에 우리 사회가 이렇게 만든 것이다.

20대와 30대 초중반 남성들에게 삶은 곧 경쟁이다. 이들은 어렸을 때부터 '공정'과 '합리성' 그리고 '민주주의'를 배우고 익혔다. 초등학교 반장 선거부터 남녀 차이는 없었다. 남성우위의 사고와 문화는 공정, 합리성, 민주주의에 위배되기 때문에 그들 내에서는 통용되지 않았다. 단지 그들의 부모와 이웃 등 기성세대만이 남아선호사상을 가지고 있었을 뿐이다. 이렇게 성장한 젊은 남성들에게 대안이 제시되지 않는 상황에서의 군가산점 폐지는 군대 생활로 단절된 인생을 국가와 사회가 다른 방식으로 보상해주지 않는 '제도적 불합리' '불공정'으로 받아들여졌다. 이들은 대학진학률에서 여성이 남성을 앞지른 경험을 한 세대고, 각종 시험에서도 여성의 합격률이 남성을 앞선 경험을 하였다. 또 이들은 30대 초반까지는 성별 임금 격차가 거의 없고, 임금 격차와 유리천장을 만든 것은 기성세대지 본인들이 아니라고 인식하고 있다.

한편 또래 여성들이 남성보다 범죄 피해에 노출되어 있고 때로 불리한 조건에 있으며, 자신의 어머니가 가부장제의 피해자라는 데에는 동의한다. 그러나 젊은 남성을 잠재적 범죄자로 취급하는 것에 대해서는 분노를 느낀다. 젊은 남성들은 본인들의 정당한 문제 제기에 대해 정부 여당과 언론기업들에서 '여성들이 오죽했으면' '여성들이 그동안 당해왔으므로'라고 표현하는 것에 대해, 이를 '전도된 가부장적 시혜주의'라고 인식한다. 청년 남성 본인들은 가부장적 특권에 대해 일말의 환상도 없다고 주장하고 있는데 말이다.

래디컬 페미니즘으로 지칭되는 급진적인 여성주의 논란에

대해 민주당이 문제 해결에 적극적이지 않았던 것은 분명한 사실이다. 또 수구 정당은 이 상황을 때마다 활용했다. 그리고 젊은 남성들은 진보정당들도 여성 편에만 서 있다고 인식했다. 남성 청년들은 사회경제적 계급문제가 급진적 페미니즘을 통해 남성과 여성의 대결로 프레임을 전환하여 활용되고 있다고 본다. 청년 남성들은 스스로 바보가 아니라고 생각하고 있다. 이들은 오히려 사회경제적 불평등 문제와의 투쟁이라는 선명한 전선을 원하고 있다.

"기회는 평등하고, 과정은 공정하고, 결과는 정의롭게"라는 문재인 정부의 구호는 '조국 사태' 이후 매우 심각하게 훼손되었다. 청년들은 조국 부부의 자녀 문제에 대해 최순실 정유라와 차이가 없다고 느꼈다. 그리고 부동산 가격 폭등은 많은 청년을 영혼까지 끌어내 투자한다는 뜻에서 '영끌'이라는 신조어를 탄생시켰으며, 부동산을 살 수 없는 이들을 주식시장과 비트코인으로 몰아넣었다. 주식시장과 가상화폐에 참여하는 청년 남성의 비율이 여성보다 압도적으로 높은 것을 이해해야 한다. 부모와 친척의 기대, 엄친아(엄마 친구 아들)와 비교되는 본인의 현실을, 이 막강한 한국 자본주의 사회에서 개인 차원에서 해결할 수 있는 유일한 길이라고 인식하는 것을 우리는 이해할 필요가 있다.

한편 남성 청년들에게 인터넷과 모바일은 또 하나의 세계를 만들어 주었다. 국가는 기업들 특히 재벌들의 요구에 따라 인터넷과 모바일 관련 산업을 육성했다. 게임과 커뮤니티 서비스는 IT기업 육성이라는 미명하에 급성장했다. 부모들이 주는 용돈으로 어렸을 때부터 소비자가 되었고, 그들만의 세계를 빠르게 만들어나갔다. 게임 중독, 게임 머니, 커뮤니티 갈등 등 온갖 문제가 터지고, 텔레그램 N번방, 단톡방 등 포르노와 성착취물이 넘치고, 마약이 급격히 퍼져나가는 통로가 되었다. 사회적으로는 일베 같은 것들이 자라나고, 폭력적인 댓글 문화, 끼리끼리 문화가 형성되었다. 이런 과정 전반에 오직 이윤을 좇는 기업 논리가 핵심이었음을 우리는 알고 있다. 이 과정에서 수많은 청년은 돈을 내는 단순 소비자로 더 강력하게 포획되어 갔다. 실제 현실만이 아닌 가상 현실에서도 돈이 있어야만 하는 시대가 된 것이다. 이들은 불행하게도 온라인 세계에서조차 존재증명을 위해 노력할 수밖에 없었다. 이 과정에서 언론기업들은 청년 남성과 여성의 대립을 의도적으로 조장하고, 중계하고, 발표하며 접속자 수를 늘려 돈을 벌었다. 청년들을 현실 세계에서 활동하지 않고 온라인 세계에

머무르게 한 데는 국가와 기업, 정당, 언론만이 아닌 부모세대와 반체제세력에도 책임이 있다.

기성세대는 열심히 일을 하고 돈을 모으면 먹고살 만한 날이 올 것이라고 기대하며 살았고 많은 경우 그것이 가능했다. 또 군사독재정권을 몰아내고 민주화가 되면 모든 면에서 삶이 나아질 것이라는 기대를 했고 어느 정도 진전된 삶의 경험을 했다. 그러나 청년들은 매우 불행한 삶을 살았다. 유년기부터 의무적으로 학습지를 해야만 했고, 놀이터에는 아무도 없으니 싫더라도 학원에 가야 했다. 오직 합리성과 경쟁만이 살길이었다. 청년들의 '경험'에는 낙타가 바늘구멍에 들어가는 것과 같은 기회를 잡아 '안정된 미래'를 얻거나, 아니면 이에 실패해서 평생 불안정한 미래로 전락하는 거 외에는 없다. 이 점에서 지금 청년세대는 이전 세대와는 근본적으로 다른 환경에서 살아왔고 다르게 살고 있다. 이에 대한 이해가 중요하다. 이를 단지 '선진국에서 태어나 자란 세대'라고 말하는 것은 사실의 작은 면만을 드러낸다. 계급 계층적으로 그렇지 않은 이들의 숫자가 압도적으로 많기 때문이다.

그러나 청년들은 성장 과정에서 공정, 합리성, 민주주의를 배우고 익힌 것 이상으로, 본질적인 급진성이 있고 기존 체제를 전복하려는 저항 에너지를 가지고 있다. 이 세대가 기존 체제를 거부한 것을 우리는 2016-2017년 촛불혁명 과정에서 보았다. 문제는 가장 절박하게 이 시대를 살아가고 있는 이들의 잠재된 에너지가 어디로 나아갈 것인가이다.

지금 청년들은 기성세대에 대해 특히 정당들에 대해 기득권세력, 비합리세력이라고 인식하고 있다. 특히 국힘은 물론 이에 맞서왔다는 민주당 둘 다에 대해 그렇게 인식하고 있다. 두 거대 정당이 보이는 사회경제적 불평등 문제와 한반도 평화 정착에 대한 의지박약, 생태를 도외시하는 무책임한 태도 등 모두에서 그러하다. 또 두 정당이 보인 대형교회들에 대한 눈치 보기 태도는 청년들에게 조롱거리가 되었다. 극우 태극기 집회만이 아니고 성소수자, 비정규 노동자 문제, 석탄발전소 확대, 탈핵 정책의 후퇴 등에 대한 문재인 정부와 민주당의 태도를 생각하면 쉽게 알 수 있다.

한편 청년들은 '식민지 근대화론'을 거부한다. 이 점에서 이들은 역사에 대한 올바른 인식을 가지고 있다. 미국 일본을 싫어하고 똑같이 중국 러시아도 그렇게 생각한다. 이 점에서 기성세대보다 훨씬 자주적이다. 북한은 좋아하지 않는다. 단지

'가깝지만 귀찮은 존재'라고 인식하고 있다. 필자 생각에는 청년들의 북한에 대한 인식을 볼 때 수구 정당의 반북 공세는 워낙 비합리적이어서 먹혀들지 않는다고 보인다. 오히려 민주당의 거리 두기가 한몫을 해왔다고 보이고, 진보정당과 시민단체들의 접근법도 구닥다리 방식으로 느끼고 있다고 판단한다.

그러나 무엇보다 중요한 것은 '대한민국을 떠나고 싶다'는 청년들의 외침이다. 이 목소리에 그동안 기성세대는 눈감고 귀를 닫았다. 사실 떠날 수 있는 사람들은 떠났다. 떠나지 못하고 남은 이들 그리고 그들의 후배들이 지금 아우성을 치고 있는 것이다. 지금 한국은 청년들이 가지고 있는 '공정' '합리' '민주주의' 개념이 실현되고 있는 사회가 아니다. 참기가 매우 어려운 사회다. 그래서 기득권 세력에게 분노하고 있다. 이들에게 여야는 차이가 없다. 같은 기득권세력이다. 본질을 보는 면에서는 훨씬 지혜롭다고 할 수 있다.

이들에게 진보정당들이나 시민사회단체들이 '너희 스스로 나서서 평등 평화 생태사회를 만들어라'는 말은 멀게 느껴진다. 지금 청년들에게는 '당장 내가 내 생존을 걱정해야 하고, 내 미래를 위해 뭔가 만들어야 하는데, 시간도 없는 내가 왜

나서야 하지?'라고 생각하고 있다. 온라인에서 손가락을 놀리는 일은 하지만 현장에서 하는 활동은 큰 부담이다. 그래서 그들은 적극적이지 않다. 하지만 답답해할 일이 아니라고 생각한다. 젊은이들을 이렇게 만든 것이 바로 우리이기 때문이다. 이들과의 현실 접점을 만드는 일을 힘들더라도 기성세대가 해야 한다.

정치적으로 볼 때 이 선거에서 오세훈 캠프는 이준석을 내세워 남녀 청년을 대립시켰고, 그 결과 재미를 보았다. 2022년 대선에서도 예상대로 이준석은 또 같은 짓을 했다. 그리고 20대-30대 초반 남성들은 윤석열에게 많이 투표했다. 그들은 그만큼 문재인 정부와 민주당에 절망했기 때문이다.

하지만 윤석열 정부 출범 후 시간이 흐르면서 청년 남성들은 윤석열과 국힘에 대한 지지를 철회하기 시작했고 2024년 총선에서 조금 변화했다. 그리고 이번 사태를 맞아 2016-2017년처럼 크게 변화했다. 다시 광장에 진출했다. 하지만 아직은 같은 여성 청년들처럼 춤추고 노래하는 데에는 쭈뼛거리고 있는 느낌이다. 청년 남성들의 진보적인 행동이 앞으로 매우 중요하다. 우리는 이들을 이해하고 격려해야 한다.

4.

오늘 우리 사회

🔥

  2024년 현재 대한민국. 당신은 희망을 발견했는가? 우리 사회의 많은 문제를 크게 압축하면, 평등, 평화, 생태의 세 가지로 볼 수 있다.

  첫째, 정규직과 비정규직, 원청과 하청 재하청, 불안정한 노동 구조는 자영업자를 양산하며, 노동시간과 임금의 격차는 소득, 자산, 시간의 불평등을 낳는다. 청소년은 학교와 학원에서 뺑뺑이를 돌며 과도한 학습과 경쟁에 시달리고, 청년은 취업, 연애, 결혼, 출산 등 이른바 7포를 강요받고 있으며, 중년은 가정생활을 포기한 채 세계 최장 시간의 노동을 견디며 노후대책 없이 각종 비용으로 고통받는다. 반 이상의 노년은 가난과 질병, 고독 속에서 삶을 마감한다. 청소년기부터 노년에 이르기까지 모두 치열한 삶을 버티도록 강요받는다.

  자산과 소득이 있어야 결혼도 하고 아이도 낳고 기를 수 있다. 게다가 여성은 소득, 자산, 시간 모든 분야에서 불평등한 조건을 감수해야 한다. 최저 취침시간, 장시간 노동, 비정규직 노동자 비율, 자영업자의 숫자와 폐업률, 산업 재해율, 교통사

고율, 경제문제로 인한 이혼율, 가족해체로 인한 1인 가구 증가율, 음주 흡연율, 암 발생률, 자살률 등 각종 통계 수치들은 이 나라 '일상의 희망 없음'을 증명하고 있다. 모두 크게 보면 평등에 관한 문제로 볼 수 있다. 이를 다룬 영화나 드라마가 세계인의 공감을 얻고 있다. 아이러니한 일이지만 '불평등의 세계화'를 말해주는 진실이기도 하다.

여기에 양극화 불평등 경제구조의 심화로 인해 사회문화의 평화가 급격히 깨지고 있다. 텔레그램 N번방 사건 같은 왜곡된 성 문화, 사이버 금융범죄, '그것이 알고 싶다'류의 방송에 나오는 상상하기 어려운 많은 범죄, 마약의 대규모 유통과 보급, '묻지마 범죄'의 급증 등은 '일상의 평화'를 깨고 '사회 공동체'를 무너뜨리고 있다. 이는 불평등과 연결된 평화문제다.

둘째, 왜곡된 역사 인식의 반복, 적대적인 대북 정책과 종북몰이, 친미친일 일변도의 외교안보 정책을 주장하고 집행하는 세력이 있다. 이들은 독립 국가로서 한국의 자주성을 침해하며, 한반도 및 동북아시아에서 전쟁의 위기를 상시화하고, 통일의 전망을 어렵게 한다. 분단에서 비롯된 본질적인 평화문제다.

셋째, 소수의 이익을 위한 각종 개발사업, 핵발전, 화력발전, 양수발전, 골프장 건설, 그리고 플라스틱으로 대표되는 한 번 쓰고 버리는 소비문화는 생태계를 파괴시켰고, 이는 이미 방사능오염, 미세 플라스틱 오염, 각종 기후재난과 질병, 전염병으로 되돌아와서 인간과 자연을 위협하고 있다. 약탈적 자본주의에 따른 생태문제다.

한국 사회는 1997년 IMF 이후 한 세대에 걸쳐 약탈적인 자본주의 체제가 되었다. 그리고 우리가 그동안 겪은 많은 재난과 재해 사건의 배후에는 '탐욕스런 이윤 추구'가 있다. 한 세대 동안 한국인들은 생존을 위한 삶의 형태가 변하면서, 평등, 평화, 생태문제에 대해 그 중요성을 경험하면서도 다른 한편으로는 구체적인 해결의 희망을 갖지 못하고 있었다.

2017년 박근혜 탄핵 이후 많은 이들이 구체적인 해결의 희망을 가졌다. 그러나 문재인 정부 집권 기간 희망은 빛이 바랬다. 그리고 윤석열 정부 기간에 희망은 사라졌다.

고난받는 현장은 여전히 많다. 가난과 질병에 시달리는 쪽방, 지하, 옥탑방, 고시원에 사는 이들의 처지는 개선되지 않았다. 비닐하우스에 거주하며 폭력과 저임금 장시간 노동에 시달리며 매년 3천 명 넘게 사망하는 이주노동자들이 있다. 성소수자들과 장애인들의 당연한 권리를 외치는 목소리는 거부되었다. 삶의 터전에서 쫓겨난 토지강제수용 피해자들과 부당함과 억울함을 하소연하며 농성 중인 노동자들은 끊이지 않았다. 세월호와 이태원 참사 외에도 재해와 재난 사건은 끊이지 않는다. 이 글을 마무리하는 와중에 이 땅에서 역사상 가장 큰 항공 사고가 터졌다. 자본과 국가 폭력 피해자들은 계속 생겼다. 사드 철회를 외치는 소성리 노인들의 외침은 외롭다. 탈핵과 기후위기 대응 현장, 평화 지킴이 현장에는 여전히 소수의 사람들만 매달려 있다.

　윤석열 부부는 집권 이후 왕으로 행세했다. 언론과 비판자들은 목이 졸리고, 민주주의는 급격히 후퇴했다. 그러다가 12월 3일 윤석열은 박정희 전두환을 꿈꾸며 일을 저질렀다. 그날 밤부터 윤석열 퇴진을 외치며 광장은 불타올랐다. 그러나 시민의 힘으로 만든 탄핵 소추 가결 이후 시국은 아직 요동치고 있다. 역사를 볼 때 수구세력은 절대 고분고분 물러나지 않았다. 절대다수 주권자의 뜻에 저항하며 조금씩 후퇴했을 뿐이고 언제든 반격의 계기를 잡아 호시탐탐 국면 전환을 노려왔다. 이 글을 쓰는 오늘도 상황은 마찬가지다.

윤 정권의 몰락은 필연이다. 정치 경제 사회 문화 등 모든 분야에 걸쳐 오래 쌓여 온 모순들과 오랜 기간 참고 견디던 대중의 분노가 행동으로 표출되고 있기 때문이다. 그러나 그들의 몰락과 대중의 승리는 결코 간단하게 오지 않는다. 게다가 제도정치권은 윤석열 탄핵 이후 벌어질 대선에 몰두할 것이고, 수많은 사회대개혁 과제들에 대해서는 외면할 가능성이 크다. 시민들은 이를 이미 2017년 촛불 이후 탄생한 문재인 정부 때 경험한 바 있다. 물론 이번에는 달라야 한다.

윤석열의 이번 내란과 외환을 겸한 쿠데타는 우리에게 국가기관들과 사회 각계의 큰 제도 변화가 필요함을 웅변한다. 이를 위해 현재 입지와 지향이 서로 다른 각 정치세력들에 대해 분석하고, 이를 토대로 윤석열 파면-대선-개헌 및 법률 개폐-사회대개혁에 이르는 과정을 예상하고, 각각의 시기에 시민사회운동과 시민들은 무엇을 어떻게 할지에 대해 생각해 보자.

1) 정치세력

′ 국민의힘

신자유주의와 친일·친미·반북·극우주의를 토대로 하는 국힘은 자산 및 소득 상위 1% 층의 지배세력으로 굳건히 얽혀 있고, 이 지배세력의 이익을 뒷받침하는 상위 10%의 기반 위에 서 있다. 지배세력은 재벌, 금융자본가, 정치인, 고위관료, 법조, 언론, 학계, 종교계, 국정원 군 경찰 고위층 등으로 구성돼 있다. 그리고 이들의 일을 대리하며 이익을 갖는 10%는 주로 전문가 집단으로 이루어져 있다.

지배세력이 지난 80년간 이 땅에서 행해 온 수많은 악행은 열거하지 않겠다(만약 이를 책으로 묶는다면 백과사전 분량으로 수백 권은 족히 될 것이다). 이들은 혈연, 학연, 지연으로 이루어져 있고 매우 강고하다. 하지만 이해관계가 부딪힐 때는 균열이 일어난다. 주로 혁명적인 정세일 때 그래왔다. 국힘은 현재 절대다수 주권자의 뜻과는 다른 정치적 행보를 하고 있다. 하지만 이미 언론, 재벌, 금융자본가 등의 이해관계와 부딪치고 있음이 발견된다.

국힘은 친윤 그룹이 한동훈을 내쫓고 다시 권력을 쥐었다. 이들은 자신이 가진 제도의 권리를 이용하여 최대한 시간 벌기를 하고 있다. 이들은 계절이 연말연시로 또 추운 겨울로 가면서 광장의 힘이 자연스럽게 줄어들기를 계산하고 있다. 명심하자. 이들은 정보, 자금, 물리력을 가지고 있는 집단이다. 이 중 어느 것 하나도 아직 완전히 무너진 상황이 아니다. 광장을 약화시키고, 야당을 광장과 분리하는 것, 지배세력 내에서 주도권을 뺏기지 않는 것, 이것이 이들의 현재 목표이다. 한동훈계는 힘이 약화됐다. 2016-17년 때와 다른 점은 '비윤계'의 구심이 약하다는 것과 국힘 분당 가능성이 작아졌다는 점이다.

수구 언론은 기업으로서의 생존을 위해 형식적으로는 윤석열에게 등을 돌렸고, 꼬리 자르기를 통한 시국수습과 지배세력 내의 질서재편을 진행하고 있다. 이들의 목표는 당연히 재집권이고 자신들의 영향력을 유지하는 것이다. 이를 위해 본격적으로 야당 공격에 나서고 있다. '이재명 거부론'과 '국정혼란론'을 제기하기 시작했다. 수구 종교는 신자들의 분노를 건진법사-천공-김건희-안산보살 등의 사교적 주술행위로 몰아가며 지배세력의 본질을 감추고 있다. 재벌과 금융자본은 지배세력의 중심축이지만, '경제위기'를 들먹이며 피해자로서의 태도를 취하는 것으로 입장을 정리했다. 언론이 자신의 밥줄을 쥐고 있는 재벌을 공격하기는 어렵다. 고위관료들은 침

묵하고 있다. 겉으로는 복지부동하고 있는 것처럼 보인다. 그러나 이들은 국힘 정치인-재벌-언론-법조 등에 의해 그 자리에 오른 사람들이고 이익을 주고받아 온 사람들이다. 이들이 지배세력의 행정력을 가지고 있다. 이들은 중하위 관료들을 변함없이 장악하고 있다. 물리력을 가진 검찰-경찰-군-국정원 등도 마찬가지로 꼼짝하지 않고 있다.

지배세력은 오랜 세월 동안 일본과 미국의 지배세력들과 인적 물적 네트워크를 형성해왔다. 현재도 상호 관계를 통해 서로 영향력을 행사한다. 그런데 우리의 주 관심은 미일 지배세력의 한국 사회에 대한 영향력 행사에 있다. 이 대목에서 우리가 주의할 점은 '음모론'이다. 특히 과도한 음모론은 우리의 정세 인식을 해친다. 미국은 제국주의가 맞고 유일 패권 국가다. 하지만 과거 이탈리아의 파시즘이나 독일 나치와는 다르다. 즉 '파시즘'이 아니다. 일본은 준(準)제국주의 국가지만 역시 '파시즘'은 아니다. 그리고 이들은 결코 '전지전능'하지 않다. 이들 또한 각국의 지배세력을 구성하는 각 요소들이 끊임없이 경쟁하고, 피지배세력과 투쟁하는 자본주의 사회일 뿐이다.

또 현재 한국은 일제총독부나 미군정 치하가 아니다. 즉 직접적인 식민지가 아니라는 점이다. 우리가 '문학적' '감성적'으로 '식민지'라고 표현을 할 수는 있으나, 한국의 국회, 행정부, 사법부 및 국가기관들과 기업들은 모두 독자성을 갖고 있다. 알다시피 한국은 세계 10대 경제 강국이며 '준제국주의적' 성격을 가지고 있다(주로 아시아 국가들에 깡패 역할을 하고 있다). 한국의 이 독자성이 어떤 국면에서 어떤 강도로 침해받으며, 동시에 역으로 미, 일에 영향력을 행사하는지를 주의 깊게 볼 필요가 있다. 미국 국무성과 국방성이 '한국민과 민주주의를 지지한다'는 언급은 의미가 있다. 반면 한미동맹이나 한미일 동맹을 운운하며 내정 간섭을 하려는 언급은 단호하게 거부해야 한다.

미국과 일본이 결코 전지전능하지 않고, 그들도 피지배세력(이들 다수가 민주주의를 중요하게 여기고, 평등 평화 생태의 중요성을 주장하므로 우리와 연대할 수 있는 건강한 시민들이다)의 견제를 받는다는 점에서, 현재 미국과 일본 정부에 대해, 한국 시민 대다수가 지키려는 민주주의 행동에 대한 지지를 끌어내는 것과 내란 및 외환 범죄자들을 옹호하려는 일체의 시도에 대해서는 '엄중한 경고'를 하는 것이 적절하다.

현재 지배세력 내에서 은밀하게 범야권에 정보를 주는 일은 벌어지고 있다. 그러나 적극직인 행동은 아직 나타나지 않는 상황이다. 균열은 분명히 있다. 균열을 넘어 깨지는 데는 차기 권력이 야권으로 넘어가는 상황이 확실해지는 것, 생존을 위해 비윤이 친윤과의 투쟁을 더욱 격렬히 벌이는 것, 지배세력 내에서 사태의 책임 소재와 향후 입지를 둘러싸고 상호투쟁이 격렬해지는 것, 차기 권력의 방향을 세우는 의견이 격렬히 대립하는 것 등에 따라 결정될 것이다. 이 근저에는 물론 지배세력과 야당 간의 투쟁, 그리고 시민 대중과의 투쟁이 있다.

❮ 더불어민주당, 조국혁신당

중산층과 서민을 대변한다고 자처하는 야당들이 서 있는 자리나 행동은 실제 그렇지 않음을 우리는 익히 알고 있다. 이들 또한 지배세력의 일원으로 살며 행동하고 싶어 한다. 이들의 부동산투기, 주식과 코인 등의 투기를 우리는 많이 겪었다. 이들이 지배세력에 맞서는 것은 오직 권력이 이들에게 독점되었을 때, 이를 나누어 갖기 위해 투쟁할 때뿐이다. 따라서 이들의 투쟁은 본질적인 사회경제적 의제들의 해결과는 거리가 멀고, 주로 절차적 민주주의 문제에 머무를 때가 대부분이었다.

김대중은 집권한 이후 자신이 주도하던 정당의 성격을 '중산층과 서민의 당'으로 규정했다. 노무현도 마찬가지다. 이후 민주당계는 당명이 바뀌어도 그 정체성을 이렇게 삼아왔다. 그런데 이들의 집권 시기부터 비정규직이 제도화되고 서민의 삶은 개선되지 않았고, 중산층은 악화되고, 양극화와 불평등은 심화됐다. 문재인 정부도 마찬가지였다.

한편 초기 민주노동당은 '노동자와 민중의 당'이라는 정체성을 내세웠으나, 여러 번의 선거를 거치면서 자영업자, 중소상공인을 포괄했다. 이후 현재까지 이른바 진보정당들은 1987년에 김대중이 말한 '노동자, 농민, 도시빈민, 자영업자, 중소상공인'의 정당이라고 말해왔다. 즉 모두가 '특권층을 제외한 국민정당'을 표방해왔다. 진보당, 정의당, 노동당, 녹색당, 기본소득당, 사회민주당 등 6당의 당 강령에는 현재 유일하게 노동당만 '노동자와 민중의 당'이라 되어 있지만 이들도 선거 때는 '국민정당'을 표방하고 있다.

즉 현재 선거에 참여하는 한국의 모든 정당은 '국민정당'이다. 똑같이 국민정당을 말하지만 현실에서 어떤 계급계층, 성, 세대, 지역에 주로 부합하는 정책을 제출하고 행동하는가의 차이만 있을 뿐이다. 이점을 우리는 인식할 필요가 있다. 즉 현재 특정 계급정당은 없다는 뜻이다.

　마침내 거대 야당이 때를 만났다. 대통령이 수괴인 내란과 외환 사태가 터진 것이다. 야당의 집권이 가능한 상황이 생긴 것이다. 이번 탄핵으로 인한 과실을 가져갈 정당인 민주당은, 중산층과 서민을 대변한다고 자처했지만 보편적인 복지와 적극적인 노동 정책, 사회문화 정책에는 턱없이 모자랐다. 하지만 이들은 평화문제에서는 대미 의존성을 가지지만 대북 협력 기조와 한반도 평화체제 구축 기조를 가지고 있고, 절차적 민주주의를 중시하며, 친생태 정책 기조를 어느 정도 가지고 있다는 점을 우리는 인식할 필요가 있다.

　또 지난 80년간 한국 정치사는 친일친미반북독재를 주장하는 수구세력에 맞서, 이른바 '민주정부'를 자처한 세력이 도전한 역사였고(15년 집권), 이른바 '진보세력'은 집권은커녕 원내교섭단체조차 제대로 만들지 못한 역사였다는 점도 인식할 필요가 있다. 따라서 이 점에서 현재 진행되는 국면에서 민주당과의 전략 전술적인 연대에 대해 세밀하게 고려하고 준비해야 한다.

　한편 조국혁신당의 조국 대표는 예상대로 구속되었다. 당의 목소리도 정치력도 약화되었다. 조국혁신당은 탄생부터 현재까지 민주당과 공조를 해왔다. 사실상 하나의 당이라고 볼 수 있다. 현재 국면-탄핵-대선-이후 과정을 함께할 것으로 예상한다.

⌐ 진보당

통합진보당은 2014년 12월 헌법재판소에 의해 위헌 정당으로 해산되었다. 이후 경기동부연합, 광주전남연합이 주도하여 2016년 2월 민중연합당을 창당했고, 2017년 10월 부산울산경남연합이 주도하는 '새민중정당'과 신설 합당하여 '민중당'을 창당했다. 2020년 6월 20일 당명을 진보당으로 개정했다. 2024년 총선을 앞두고 민주당과의 공조로 비례위성정당을 통해 10년 만에 원내에 진출했고 3석을 확보했다. 당사자들로서는 이른바 '고난의 행군'의 한 단계가 끝난 것이다. 총선부터 현재까지 민주당과 공조를 해왔다. 아래에서 다룰 기본소득당, 사회민주당, 정의당, 노동당, 녹색당 등을 제치고 '유일 진보정당'의 입지를 가지려 노력하고 있다(과거 통합진보당이 이랬고, 이후 정의당의 태도도 이랬다. 이 점 또한 중요한 사실이다). 한국진보연대, 민주노총, 전농 등에 조직 기반이 있다. 평등과 생태에 대해서도 관심을 가지지만, '자주', '평화체제 구축', '연북'을 가장 중요한 노선과 정책으로 삼고 있다. 현재 광장에서는 관련 단체들과 함께 일정 정도의 영향력, 집행력을 가지고 있다. 하지만 민주당과의 관계에서 독자적인 정치력은 미약하다.

〆 기본소득당, 사회민주당

두 당은 알다시피 각각 노동당, 정의당에서 나와 설립된 정당들이다. 그 과정에서 노동당과 정의당은 큰 상처를 입었다. 또 2024년 총선을 앞두고 민주당 주도의 비례위성정당에 참여함으로써 정의당, 노동당, 녹색당과 거리가 더 멀어졌다. 시민사회운동 내에서는 이들을 진보정당이라 부르는 것에 대해 반대하는 이들도 많다. 대중 투쟁과는 거리가 멀고 의회주의, 출세주의가 강하다고 평가하기 때문이다. 두 당은 민주당과의 공조를 기본으로 해왔고 하고 있다. 두 당은 당원들을 제외하고는 시민사회단체 내에 조직적 기반은 거의 없다.

〆 정의당, 노동당, 녹색당

이 세 당은 총선 후 언론에서 다루지 않았고, 이번 국면에서도 독자적인 영향력은 없다. 이들 당은 진보당에 비해 조직 기반이 약하며, 계급계층 성별 지역 세대의 지지자들이 흩어져 있다. 의제에 따라 친화적인 시민사회단체와 개인들은 제법 있다.

▌ 진보정당들

진보정당들은 그동안 분열과 각개약진으로 인해(당사자들은 총선 후에 열린 토론회에서 이제는 '분화'되었다고 말했다), 수많은 시민사회단체가 가진 능력과 네트워크를 통일시켜내지 못했다. 선거는 1-2년마다 있었고 이 과정에서 우리 사회의 대개혁 과제들은 뒤로 밀렸고, 고난받는 현장은 계속해서 나타났다. 크게 보아 양극화와 불평등의 확대, 한반도 평화 위기, 생태 위기에 맞선 투쟁 과정에서 다수 시민으로부터 신뢰가 약해졌다. 게다가 상호 배제하는 정치 행동과 이미지 손상, 정당의 난립으로 인해, 대중에게 대안세력으로 인정받지 못한다는 사실이 이번 시기에도 드러났다.

▌ 윤석열즉각퇴진·사회대개혁 비상행동

이 단체는 12월 11일에야 발족했다. 12월 14일 여의도 집회를 주관했고 현재 각 지역에서 같은 이름으로 발족 중이다. 앞으로 헌재의 탄핵 인용 때까지는 집회를 주도할 것이다. 2017년의 경험을 통해 이름에 '사회대개혁'을 넣었다. (지역에 따라 '사회대전환')

분노한 대중이 모이는 '광장'은 투쟁의 지도부가 단단해야 한다. 핵심은 두 가지이다. '집행력'과 '정치력'이다. 현재까지

'여론전'에서는 자발적인 시민의 힘으로 광장이 제도정치권을 이끌어 왔다. 2016-2017년에 이어 다시 새 역사를 만드는 중이다. 그러나 정당들은 광장과 용산의 대결을 국회에서의 정당 간 대결로 옮겨갈 계획을 세우고 있다. 광장의 정치 경로는 흔들리지 않아야 한다. 2016-2017년에는 '집행력' 부분은 우여곡절이 많았으나 어느 정도 현실화하였지만, '정치력' 부분은 제대로 현실화하지 못했다. 그래서 박근혜 파면 이후 대선 국면과 문재인 정부 출범 이후 사회대개혁 과제를 제대로 수행하지 못했다.

이 단체의 발족이 늦어진 것에 관해서는 앞에서 설명했다. 크게 보면 4개 그룹으로 이루어져 있다. 참여연대, 경실련, 민변, 여성단체연합 등이 주축인 '시민사회연대회의', 1990년대 전국연합의 후신으로 민주노총, 전농 등이 포함된 '한국진보연대', 1970-80년대 민주화운동을 한 '재야', 그리고 풀뿌리 지역 시민단체들로 구성되어 있다.

2) 우리가 바라는 사회

일하는 사람들은 장시간 노동과 산업재해로부터 벗어나야 하며, 같은 노동을 하면 같은 임금과 대우를 받아야 한다. 부모의 재산 유무에 관계없이 본인의 처지와 능력에 따라 모든 어린이와 학생들은 자유롭고 평등하게, 사회가 의무적으로 보육하고 교육해야 한다. 교육은 상품이 아니다. 누구라도 질병을 고치는 데 돈 문제로 고통받아서는 안 된다. 의료도 상품이 아니다. 박물관 미술관 공연장 체육시설 등 문화도 상품이 아니다.

그리고 모든 사람이 세대 구성원 숫자와 관계없이 주택문제에서 자유로워야 한다. 임신 출산 육아 문제는 사회가 해결해야 한다. 노인 모두는 경제적 걱정 없이 사회적인 존경 속에서 품위 있게 생활해야 한다. 성소수자, 장애, 성별, 지역, 학력, 국적에 따른 차별이 없는 사회여야 한다.

국가의 모든 권력은 주권자가 통제할 수 있어야 하고, 절차적 민주주의는 물론 실질적인 민주주의가 실현되는 사회여야 한다.

모든 이가 핵 없고 기후변화에 잘 대응하는 건강한 생태환경 속에서 살아야 한다. 전쟁 없이 평화롭게 통일된 나라에서

외세의 간섭 없이 타국의 시민과 호혜선린의 관계로 살아야한다.

이것이 '우리나라'라 부를 수 있는 최소한의 사회다. 이것은 시대의 요구다.

3) 2017년 촛불의 배제

당시 시민사회운동 내에 필자가 제출한 글이다.

"'박근혜정권퇴진비상국민행동'은 5개월을 잘 싸워왔다. 이제는 그 성과를 계승하여 새로운 국민운동체의 건설이 필요한 시점이다. '적폐청산 및 새로운 사회건설 국민운동본부'가 그것이다. 앞으로 민주당이 집권한다고 해서 우리 사회의 적폐가 자동으로 청산되는 것이 아니고, 개혁을 되돌리려는 세력들의 준동이 불 보듯 빤한 상황이므로 부문, 지역, 개인을 포괄하는 국민운동체의 결성은 필요하다. 이 조직은 대선 시기만이 아닌 대선 이후에도 활동해야 한다. 핵심은 의제 관철 운동이다. 과거처럼 각종 대책위나 연합대책위로 돌아갈 일이 아니다. '퇴진행동'으로 모인 대중의 힘을 지속해 나가도록 노력해야 한다. 그리고 '모든 시민이 한 개 이상의 시민단체에 가입하고 행동하자'는 운동을 펼쳐야 한다. 이것이 광장에 나선 촛불시민을 실제로 조직할 수 있는 방안이다. 이런 점에서 코앞에 다가온 대선에 대한 대응 전술보다는 의제 관철 운동에 힘을 쏟아야 한다. (중략) 한편 적폐청산과 사회대개혁을 위해서는 '민주진보연립정부 구성'이 필요하고 중요하다."

　하지만 결과는 비참했다. 사회대개혁 운동은 힘을 모으지 못했다. 연립정부 구성 제안은 스스로 무너졌다. 선거 과정부터 민주당은 진보세력을 배제했다. 그리고 문재인 정부는 촛불의 결실을 독점했다. 당시 광장의 재정, 물리력, 정치력을 구성했던 세 축인 진보연대, 시민사회연대회의, 종교계는 각자의 길을 갔다. 먼저 시민사회연대회의 소속 단체의 주요 구성원들은 대선에만 관심을 가겼고, 이후 출범한 문재인 정부에 들어갔다. 둘째로 민주노총을 비롯한 진보연대의 구성원들은 철저히 배제됐다. 셋째로 종교계는 일부가 문재인 정부에 들어갔고 대다수는 교회, 성당, 절 등으로 돌아갔으며, 일부는 고난받는 현장으로 돌아갔다.

　문재인 정부 출범 이후 현장은 달라진 것이 없었다. 세월호도, 전교조도, 해고노동자 농성장도, 소성리도, 토지강제수용 피해 현장도 마찬가지였다. 진보단체 구성원들과 일부 종교계가 현장을 지켰으나 문재인 정부와 민주당으로부터 냉대를 받았다. 이는 그들의 집권기 내내 그러했다.

4) 민주당에 대한 '비판적 지지론'의 이해

1987년 대선 시기 처음 나온 '비판적 지지론'은 당시 김영삼, 김대중 후보 가운데 상대적으로 개혁적인 김대중을 지지하되, 그 지지는 절대적인 것이 아니고 집권 후에 그의 한계를 비판하여 바로 잡자는 뜻으로 사용되었다. 이는 당시 김대중과 가까운 재야세력이 사용했고 학생운동과 청년운동에 매우 큰 영향을 끼쳤다. 이는 김대중이 주장한 '지역 구도에 입각한 4자 필승론*'과 함께 '후보 단일화'가 되지 못하게 한 결

---

* 4자 필승론. 김대중은 호남은 물론 서울 경기에도 호남 출신이 많아서, 경남 부산은 김영삼, 대구 경북은 노태우가 반분할 것이고, 김종필은 충남에서만 지지를 받을 것이어서, 본인이 이긴다는 이 이론을 만들었다. 이는 당시 역으로 전두환이 똑같이 생각한 4자 필승론, 즉 김대중을 복권시켜 김영삼, 김대중을 분열시키고, 김종필이 출마하면 노태우가 당선된다는 논리와 같았다. 결과는 권력, 자본, 인적 자원을 모두 장악하고 있던 전두환의 승리였다. 김대중은 출마 과정부터 이 4자 필승론을 주장했고, 재야가 본인을 지지한다고 일관되게 주장했다. 그러나 재야는 이로 인해 분열되었다

정적인 프레임이었다.

비판적 지지를 주장하던 재야의 대표적인 인물들(민통련 회의 때마다 이를 주장한 대표적인 이론가가 이해찬이었다) 은 대선 기간부터 입당하기 시작했고, 1988년 총선을 통해 국회의원 배지를 달았다. 당시 이들은 모두 '비판적 지지'를 민주통일민중운동(당시 재야를 대표하는 단체인 민통련의 이름. 민주 민족 민중의 삼민 이념에서 민족이 통일로 발전되었다)의 '중간 목표'라고 강조하였다. 그러나 이들의 이후 인생 행로를 볼 때, 중간 목표가 아닌 '최종목표'였음을 알 수 있다. 이들의 뒤를 이어 1992년, 1996년, 2000년에 이들의 영향력 아래에 있던, 재야, 청년, 학생운동 출신자들이 대거 '민주당' 으로 들어갔고, 이후 유력 정치인들이 되었다. 2000년대 이후 전통적인 학생운동이 소멸하고 나서는, 이른바 '시민사회 단체' 출신들이 같은 입장을 가지고 충원되기 시작했다.

이 '비판적 지지'는 그 자체로 모순인 용어이다. '지지'라는 단어 앞에 수식어는 필요 없다. 지지(동의, 찬성보다는 물리적 인 느낌이 더 크다), 반대, 유보(관망) 등의 일상 용어로 유권 자들은 의사표명을 충분히 할 수 있다. 또 지지했다가 실망하여 비판할 수도 있고, 지지를 철회할 수도 있고, 더 나아가 적극적인 반대를 하거나 규탄할 수도 있다. 그런데 '비판적'이라는 수식어를 붙이는 것은 지지가 곧 절대 지지라고 생각하거나, 아니면 다른 속셈을 은폐하려는 의도다.

비판적 지지는 선거 과정에서는 '최악의 존재'를 상정하고 그에 맞서는 '차선의 선택'을 유도하는 것이고, 집권 이후에는 절대 지지로 전환된다. 이를 우리는 김대중, 노무현, 문재인 정부의 성립과정과 집권 이후 벌어진 태도들에서 충분히 경험한 바 있다. 즉 '비판적 지지론'에 입각하여 주장하고 투표했던 많은 이들은, 비판적 지지의 대상이 잘못을 저질러도 이를 비판하면 최악을 돕는 것이 되므로 삼갈 수밖에 없다. 그래서 이는 '진영 논리'로 발전한다(이것이 언론에서 사용하는 보수-진보 진영 논리가 되었다). 따라서 '비판'을 하는 주장이나 행동을 하는 이들을 '수구세력'을 돕는 이적행위로까지 몰아붙인다. 더욱 심각한 것은 비판적 지지의 대상이 과거나 현재 저지르고 있는 잘못들에 대해 '궤변으로 옹호'하는 것이다. 그래서 비판적 지지론자들은 그들의 목표가 이루어져도 정권 옹호와 과거 정권에 대해 비난하며 세월을 보낸다. 그리고 이들이 야당일 때는 '수구 거악'과 맞서 싸울 때 '현실적으로 힘이 있는 야당'을 지지해야 한다는 프레임으로 상설화되었다.

이는 1987년 이후 현재까지 37년간 우리 정치를 규정하고 있는 '초대형 프레임'이다(마치 1950년대 미국이 만든 경제발전론, 경제성장론이 현재까지 전 세계를 지배하듯이). 이 비판적 지지론은 현실에서 거대 양당의 적대적 공생관계를 뒷받침하는 프레임으로 작동해 왔다. 이로 인해 정당 밖에 있는 대부분의 비판적 지지론자들은 선거 때마다 나타나는 계급배반 투표, 성별, 지역별, 세대별 대립 전략을 통해 거대 양당체제를 지속하려는, 거대 양당의 의도를 제대로 이해하지 못하게 되었다.

현재 진보정당들의 성장을 가로막는 가장 결정적인 것이 이 '비판적 지지론'이다. 이는 세상을 고정불변으로 보는 세계관 즉, 반변증법적이고 반진보적인 세계관이다. 이상을 품은 사람들이 최선은 생각하지 않고, '차선'만 선택한다든지 '차선 옹호'에만 전력을 기울이는 것은 매우 불행한 일이다. 비판적 지지론은 '이상을 품었던 과거 운동권'을 이론적, 실천적으로 궤멸시킨 프레임이다. 또 현재 거리에서 아우성치는 수많

은 민중의 애환을 도외시하는 프레임이다. 비판적 지지가 횡
행하는 한 우리 사회는 크게 실질적인 진보-보수-수구로, 세
분화하면 급진-진보-온건 개혁-온건 보수-수구-극우 등으
로 재편하지 못한다. 비판적 지지론의 가장 큰 수혜자는 '역
대 민주당'이다. 이들은 선거 때마다 변형된 비판적 지지론인
'민주연합론'으로 이를 유지하고 있다. 이를 실천적으로 넘어
서야만 한국에서 '진보 정치'가 가능하다.

5) 2019년 '조국 사태'에 대한 이해

조국 사태 당시 주목할 곳은 광화문이다. 문재인 집권 이후
광화문에 수구세력이 2년간 모여 떠들 때 그들의 숫자는 많
아야 수천 명이었다. 그런데 이를 넘어 백만 명이 모인 데는
이탈했던 보수층의 복귀와 함께 중도층의 지지가 있었기 때
문이다. 이들은 박근혜 탄핵 당시 적극적으로 동참했던 이들
이고, 특히 중도층의 상당수는 대선 때 문재인을 지지했던 이
들이다. 이들이 문재인 정부 출범 후 사회경제적 삶의 개선이
없고, 정부 여당의 고위직들이 부동산 투기 등을 한 것이 밝
혀지면서 "그놈이 그놈이다"는 인식을 갖게 되었다.

또 서초동 집회를 민주당 정치인들이 활용하면서 광화문 집회는 정당성이 더 커졌다. 서초동 집회를 이끌던 '친문 단체'가 나중에 '시민을 위하여'를 만들고 '더불어시민당'을 만든 것이 이를 반증한다.

수구세력은 조국 사태 이후 광화문광장에서의 경험을 엄청나게 강조한다. 그럴만하다. 군사독재정권 때의 관제 데모를 제외하고, 수구세력이 주도하는 대형집회는 해방정국 이후 최초이기 때문이다. 독립운동가와 친일파의 구도가 반탁/찬탁을 겪으며 좌우 구도로 바뀐 것을 우리는 잘 안다. 마치 이것처럼 당시 자유한국당은 수구-보수-중도의 힘을 묶으려했다. '반문재인전선'이 그것이었고, 광화문 경험은 그들을 고무시켰다. 이 흐름은 2020년 2월까지도 강력했고, 코로나19 사태가 커지면서 약화되긴 했지만 총선 국면에서도 지속되었다. 이것이 미래통합당이 경험을 통해 확인한 믿음이었고 이는 현재까지 국힘이 가지고 있는 믿음이다.

즉 민주당과 국힘 양당은 적대적 공생관계를 이용하여 각자의 진영을 강화하고자 한다. 이는 이른바 '진영 논리'라는 이름으로 고착화되었다. 이를 언론은 진보-보수 진영이라 부

른다. 현재도 국힘이 비상식적인 언동을 통해 자신의 지지자
들을 묶어 세우려는 이유다.

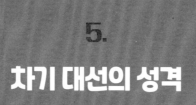

5.

차기 대선의 성격

첫째, 민주주의의 본질은 '사회의 모든 자원에 대한 분배의 권리를 국민이 갖는 것'이다.

즉 추상적인 주권재민만 강조되어서는 안 된다. 본질을 저해하는 모든 적폐와 제도들, 기득권들에 대한 청산과 함께 본질이 구현되는 새로운 사회를 건설해야 한다. 이를 수행할 차기 정권의 성격은 대개혁정권이어야 한다.

둘째, 대개혁정권의 과제는 다음과 같다.

1. 각종 적폐청산과 개헌, 개혁 입법, 제도의 정비를 통한 개혁 완수
2. 이를 수행하기 위한 흔들리지 않는 강력한 정치력의 형성
3. 우리 사회가 나아가야 할 길에 대한 미래전략의 실현
4. 과제의 실현을 통한 사회개혁과 체제전환, 평화 및 통일에의 비전 형성

이런 성격의 정권, 이런 과제 수행능력을 가진 정권 창출이 아니면 그것은 정권교체가 아니다. 우리는 단지 일부 야당으로의 정권교체를 원하는 것이 아니다. 대개혁정권을 수립하는 것, 이것이 정권교체다.

우리는 이번 사태를 보며 헌법의 취약함을 알았다. 그리고 국회의원들에 대한 파면권(국민소환제)이 주권자에게 없음도 알았다. 주권자의 의지가 상설적으로 반영되는 제도도 없음을 알았다(국민발안제). 이런 내용들을 포함한 개헌 및 개혁 입법들이 중요하고 필요하다.

셋째, 차기 정권은 광장의 의제와 요구가 집행되는 연립정부가 되어야 한다.

단지 밖에서 모여 기구를 만들어 감시하고 압박하기만 해서 될 일이 아니다. 이를 위해서는 실제로 차기 정권에서 주요 장관들 및 직책들을 맡아야 한다. 원내정당들만 연립정부를 할 수 있는 것은 아니다. 광장이 연립정부의 한 주체여야 한다. 그리고 원외 3개 당도 시민사회도 광장의 한 축을 대변하며, 이 연립정부에 참여할 방법을 찾아야 한다. 기존의 패배의식과 관성과 사고를 과감히 벗어나야 한다. 만약 배제되더라도 관계없다. 그 시점에서 시민과 함께 정부에 대한 감시와 견제의 역할을 하면 된다. 한편 앞서 말한 조기 광역단체장 선거도 중요하다. 이런 과정을 통해 2026년 선거에서 광장의 약진 계획을 세워야 한다.

6.

시민사회운동 및
시민의 성찰과 과제

첫째, 윤석열 파면까지 '윤석열즉각퇴진·사회대개혁 비상행동'과 함께 우리는 광장을 지켜야 한다. 최대한 많은 시민이 함께하도록 다양한 방법을 통해 주위에 권유해야 한다. 광장의 힘이 현 국면을 긍정적으로 이끌고 있는 원천이다. 또 혹 있을 수 있는 '역사의 반동'을 제어하는 것이 유일하게 광장의 힘이기 때문이다.

둘째, 파면 이후 '사회대개혁 비상행동' 활동에 적극적이고 주도적으로 참여해야 한다. 이를 위해 지역별로 공동 활동 단체를 구성하는 것이 필요하다.

셋째, 대선 과정과 이후 사회대개혁에 필요한 목소리를 꾸준히 내야 하고 제도화에 집중해야 한다. 지난번처럼 주저앉아서는 안 된다.

넷째, 특히 중년 노년 세대의 성찰이 중요하며, 청년세대와 직접 소통하는 것이 중요하다. 앞서 언급한 내용들을 중심으로 하여 이를 공개적으로 토론하고 상호 인식을 확인하며, 성찰하는 자리를 많이 만드는 것이 매우 중요하다.

다섯째, 고난받는 현장은 지속될 것이다. 이에 함께 연대하는 일은 모든 시민의 의무다.

여섯째, 모든 시민은 1개 시민단체에 가입하자. 특히 지역단체에 가입하자. 시민은 평소에도 사회 현안에 대해 목소리를 내고 실천해야 한다. 그리고 깨어 있는 시민의 조직화된 힘이 있으면 어떤 거대 정당도 물리력도 우리를 무시하지 못한다. 이번 사태를 계기로 모든 시민이 시민단체에 가입하여 활동하기를 진심으로 바란다. 우리 사회를 바꾸는 진정한 힘은 우리 스스로의 조직화된 힘임을 명심하자. 이 시간 추운 광장에 나선 이들, 그리고 이를 지원하고 지지하는 모든 이들이 곧 평화를 얻기를 진심으로 기원한다.